Título

original:

Triangle

Primera edición:

octubre de 2018

© 2017 Mac Barnett, por el texto

© 2017 Jon Klassen, por las ilustraciones

© 2018, de la presente edición en castellano para todo el mundo:

Penguin Random House Grupo Editorial, S.A.U.

Travessera de Gràcia, 47-49. 08021 Barcelona

© 2017, Máximo González Lavarello, por la traducción

Publicado por acuerdo con Walker Books Ltd,

87 Vauxhall Walk, London SE11 5HJ

ISBN: 978-84-488-4964-1

Printed in China – Impreso en China

BE49641

TRIÁNGULO

por

Mac Barnett

&

Jon Klassen

Lumen

Este es Triángulo.

Esta es la casa de Triángulo.

Este es Triángulo en su casa.

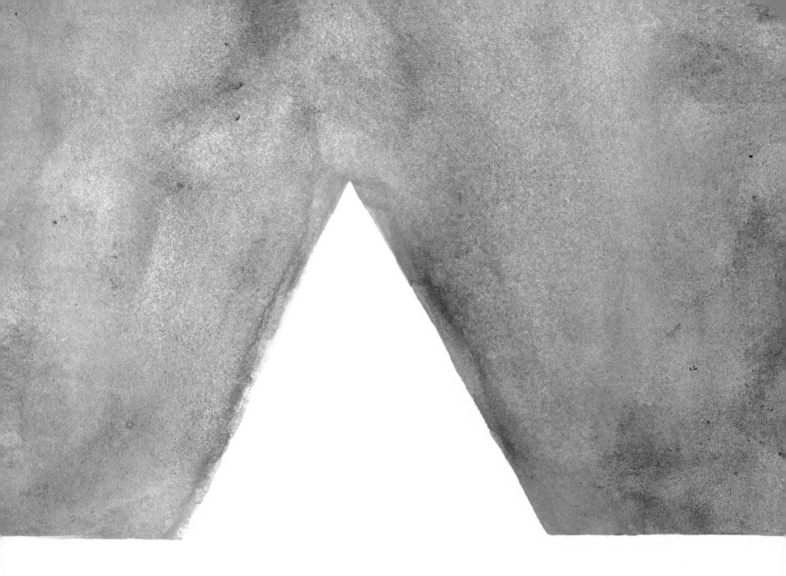

Y esta es la puerta de la casa de Triángulo.

Un día, Triángulo salió por la puerta
y se alejó de su casa.

Iba a gastarle una broma a Cuadrado.

Pasó junto a triángulos pequeños,

triángulos medianos y triángulos grandes.

Pasó junto a formas

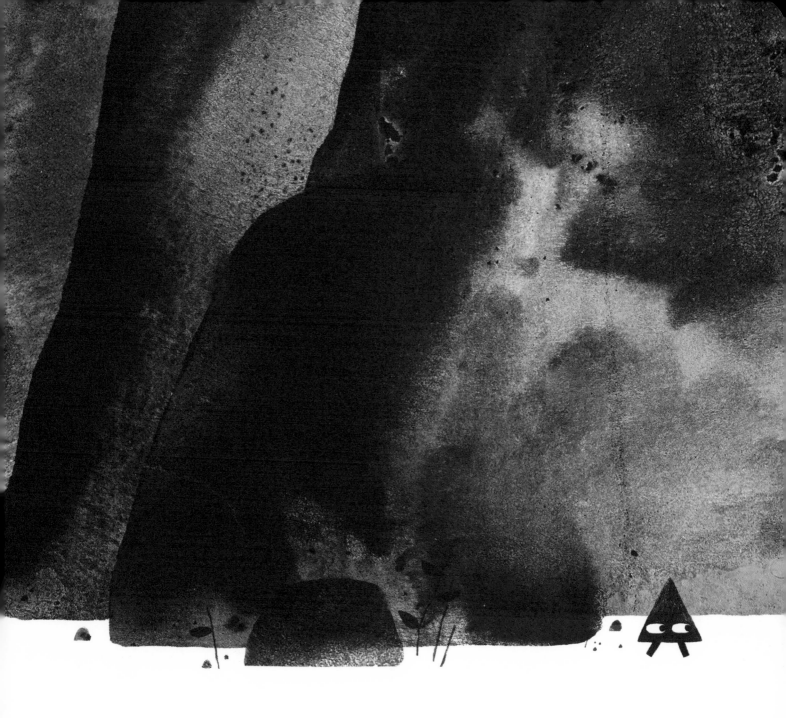

que ya no eran triángulos.

Eran formas

sin nombre.

Anduvo hasta que llegó a un lugar

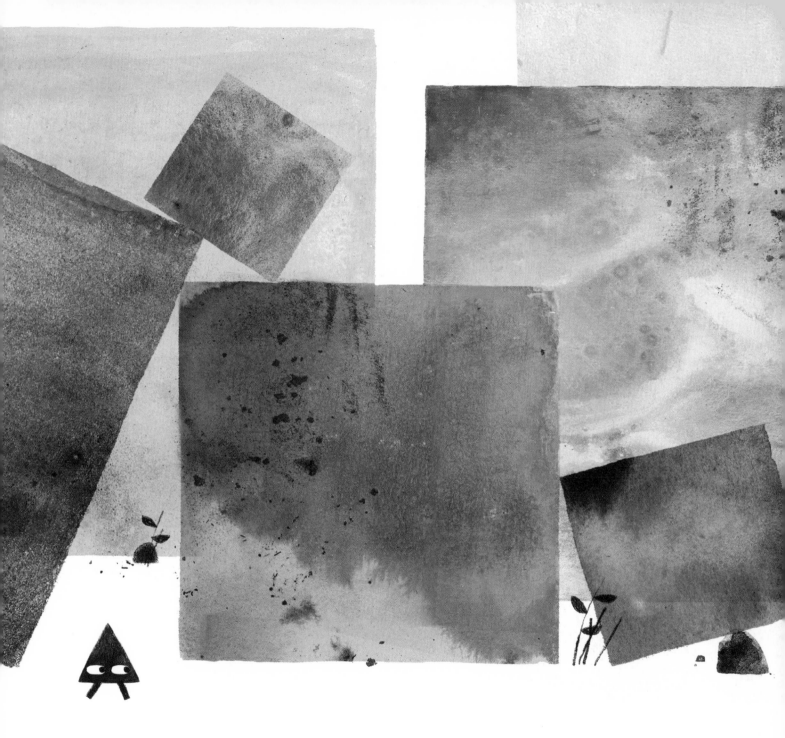

donde había cuadrados.

Sin dejar de pensar en la broma que quería gastar,
pasó junto a cuadrados grandes,

cuadrados medianos y cuadrados pequeños,

hasta que llegó a la casa de Cuadrado.
«Ahora», dijo Triángulo,

«voy a gastarle la broma».

Triángulo fue hasta la puerta de Cuadrado

y dijo «¡SSSS!», como si fuese una serpiente.

A Cuadrado le daban miedo las serpientes.
«¡Ay, ay, ay, ay!», exclamó Cuadrado.
«¡Vete, serpiente! ¡Aléjate de mi puerta!»

«¡SSSS!», repitió Triángulo. «¡SSSS! ¡SSSS! ¡SSSS!»

«¡Uy, uy, uy, uy!», dijo Cuadrado.

«¿Cuántas serpientes hay ahí fuera? ¿Diez?

¿Diez millones? ¡Idos de aquí, serpientes!»

Triángulo no pudo seguir con la broma.
Se estaba partiendo de risa.

«¡Triángulo!», dijo Cuadrado. «¿Eres tú?»

«¡Sí!», contestó Triángulo. «Sé que te dan miedo
las serpientes, ¡así que te he gastado una broma!»

Cuadrado salió corriendo detrás de Triángulo,
pasando junto a cuadrados pequeños,

cuadrados medianos y cuadrados grandes.

Pasó junto a las formas

sin nombre,

junto a los triángulos grandes,

los triángulos medianos y los triángulos pequeños,

hasta que llegó a la casa de Triángulo y entró por la puerta.

Bueno, casi.

«¡Te has quedado atascado!», dijo Triángulo, echándose a reír.

De pronto, dejó de reír. Su casa estaba a oscuras.
A Triángulo le daba miedo la oscuridad.
«¡Está muy oscuro!», dijo. «¡Estás tapando la luz!
¡Vete... bloque! ¡Sal de mi puerta!»

Ahora le tocaba reírse a Cuadrado.
«Sabía que te daba miedo la oscuridad, ¡así que
ahora soy yo el que te ha gastado una broma!
Lo tenía todo planeado, Triángulo.»

¿De veras? ¿Vosotros qué creéis?

A mis Rexes: Adam, Marie y Henry.

M. B.

Para Steve Malk.

J. K.

MAC BARNETT Y JON KLASSEN han hecho tres libros juntos: *Sam y Leo cavan un hoyo*, que ganó un Caldecott Honor y un E.B. White Read Aloud Award; *Hilo sin fin*, que ganó un Caldecott Honor, un E.B. White Read Aloud Award y un Boston Globe-Horn Book Award; y *Triángulo*, que es el libro que acabas de leer. Ambos viven en California, Estados Unidos de América, aunque en ciudades distintas.